AF473432

LETTRE

D'UN POÈTE

A

L'UN DE SES CONFRÈRES

(M. CASIMIR DELAVIGNE.)

1832

DE L'IMPRIMERIE DE CHASSAIGNON,
rue Gît-le-Cœur, n°. 7.

À

M. CASIMIR DELAVIGNE.

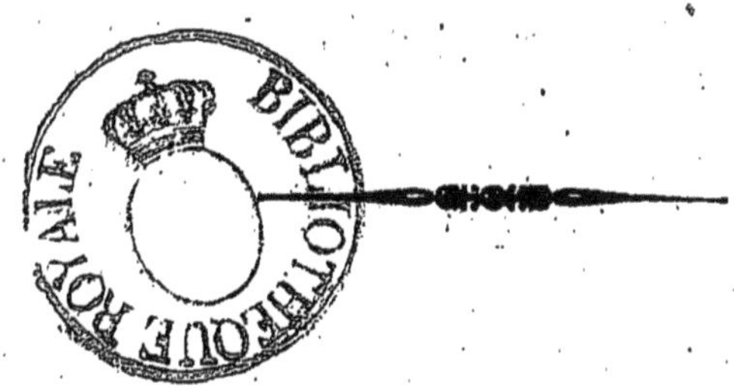

MONSIEUR,

Il y a dans cette lettre quelque chose de grave, de plaisant, de triste et de gai : c'est presque comme pour faire pleurer et rire, ou comme on représente quelquefois les deux côtés du visage d'Arlequin. Le fond n'en est qu'un incident commun peut-être, on pourrait dire insignifiant, mais auquel viennent se rattacher plusieurs circonstances qui le rendent extraordinaire. J'ai long-temps hésité à vous l'écrire, retenu autant par la crainte de faire quelque chose qui ne vous fût point agréable, que par l'espoir toujours déçu, que vous éviteriez ce travail à ma paresse. Vous m'excuserez, au reste, d'avoir employé avec vous la publicité comme moyen de communication, surtout quand vous saurez que je n'ai pu arriver autrement à la solution d'un petit problême curieux et bizarre que je n'énoncerai cependant pas encore ici, attendu qu'il ressortira suffisamment de l'exposé des rapports qui ont eu lieu entre vous et moi, lesquels vont faire l'opjet de cette lettre.

Je devrais peut-être, avant d'aller plus loin, m'excuser du tort que j'ai pu avoir de me donner le titre de poète; mais tout indigne que j'en puisse être, vous me le pardonnerez aisément à cause de la part que vous avez prise à la faute dont il est l'expression. Je devrais bien mieux m'excuser encore du temps que je choisis pour vous écrire, et qui mêle l'épisode de nos petites affaires particulières au rôle extraordinaire que vient de jouer tout récemment le grand peuple; ou autrement, qui joint le scandale de quelques bouffonneries obscures, à toutes celles que de tant petits acteurs, chamarrés d'or et de rubans, viennent de jouer avec une gravité si niaise sur un si grand théâtre. Mais, de même que le sérieux n'enfante souvent que le ridicule, ainsi (et le rapprochement de ces deux genres de scène pourrait alors avoir quelqu'intérêt) le tragique peut naître parfois du burlesque. Je commence mon récit plein de cette idée, dont vous serez, j'espère, bientôt aussi convaincu que moi.

J'avais fait un premier essai tragique tombé entre vos mains, et qui n'avait eu pour moi d'autres résultats, que de grands éloges de votre part sur ma capacité poétique. Cette circonstance, en me décevant de bien des illusions, m'avait laissé mourant d'une envie de gloire, et plus encore de faim, comme il est arrivé quelquefois à des poètes. Dans le dénuement total où j'étais, sans ressources et presque sans espérance, ce supplément si incertain du bonheur, je flottais entre mille tristes résolutions quand vous vîntes à mon aide. Vous me promîtes que si je faisais une seconde pièce (le plan seul manquant à la première), vous la feriez représenter aussitôt qu'elle serait achevée, mais à la condition de la revoir vous-même, scène par scène au fur et à mesure que je la ferais.

Vous me parliez ainsi, de ce ton de bienveillance et de supériorité d'un homme de qui dépendent les destinées de celui qu'il veut bien obliger. Je ne doutai pas un instant du pouvoir que vous aviez de réaliser une telle promesse; moins encore de votre désir de le faire. Je n'entrevis d'abord que la gloire : vous m'aviez presque ouvert les portes du ciel.

Ce n'était pas tout néanmoins. Quelques privations que pût me faire supporter une perspective aussi brillante que celle que vous me présentiez, encore me fallait-il les moyens d'y parvenir. Une personne que vous connaissez me prêta son aide.

Remplie de confiance dans les talens qu'elle me supposait, et plus encore dans la parole qu'elle savait que vous m'aviez donnée, elle me fit l'avance d'une petite somme qui était à-peu-près toute sa fortune, d'où dépendait à-peu-près tout son avenir. En cas de succès (et nous n'en doutions ni l'un ni l'autre), je devais faire restitution, vous n'aurez pas de peine à le croire, *avec usure*. Tout alors entre nous devait être commun. Ce n'en était pas moins un prêt singulièrement hypothéqué. Ce secours, un peu de crédit d'autre part et beaucoup de privations, me servirent à aller tant bien que mal jusqu'à la fin d'un travail auquel le concours au moins de trois personnes était indispensable, pour en assurer le succès.

Mais je dois dire ici d'ailleurs, et vous en témoigner ma reconnaissance, combien la situation où vous me voyiez vous faisait de peine, et combien vous regrettiez que la modicité de votre fortune ne vous permît pas de me secourir vous-même par quelques moyens pécuniaires; ou votre crédit, en me faisant obtenir quelque mince emploi qui eût un peu allégé mon embarras. Si pourtant, ne dois-je point omettre la proposition que vous me fites un soir d'un petit poste dans les rangs inférieurs de la P...., vraies fonctions apparentes de désœuvrement et de fainéantise, et qui consistaient particulièrement, autant que je me le rappelle, *à flaner*, *à prendre l'air* quelques heures par jour sur les places publiques, etc. Cette offre, venant de vous, me sembla d'abord un peu extraordinaire; mais tels étaient pourtant le respect profond, l'espèce d'enthousiasme que m'avaient inspirés vos talens, votre gloire, que je me trouvai, pour juger la moralité d'une pareille proposition, dans le cas de ce Romain qui ayant, dit-on, rencontré Caton ivre-mort dans un égout, aima mieux croire que l'ivresse était une chose belle et agréable aux dieux, que d'élever un soupçon sur la culpabilité du sage. L'illusion, toutefois, ne fut ni longue ni complète. Vous n'avez pu prendre mon refus en mauvaise part. J'excusai même, dans le temps, l'éloge que vous me fites d'un tel emploi, par ce genre de zèle pour le bien public en général, et pour ceux à qui le soin en est remis en particulier, lequel zèle est peut-être toujours justifiable, même dans ses excès, par l'extrême intérêt que nous portons à celui qui nous l'inspire.

Le travail de la seconde pièce, cependant, était poussé avec une ardeur proportionnée à l'importance des motifs qui me l'avaient fait entreprendre. Il fut soumis, scène par scène, à votre examen, et achevé en quelques mois. Vos encouragemens et vos corrections avaient été à-peu-près les mêmes jusqu'à la fin.

Je ne dirai pas avec quelle impatience j'avais attendu cette fin, que tant de raisons me faisaient désirer! Peut-être allais-je voir définitivement cesser l'état de gêne, chaque jour plus insupportable, où je me trouvais? peut-être allais-je enfin voir se réaliser, dans un avenir de gloire, les plus riantes illusions de ma vie ? Ma joie était grande; elle n'eût pu se comparer qu'à mon désappointement.

En lisant la pièce dans son ensemble, nous nous aperçûmes (c'est-à-dire, la sagacité de cette remarque vous est due tout entière), vous vous aperçûtes donc que le plan pouvait en être modifié avec succès; qu'il y avait à faire bien des transpositions, des changegemens, des coupures, etc., qu'enfin c'était un ouvrage à recommencer sous une foule de rapports.

Nous avions revu le plan ensemble, et j'avais admis toutes vos idées. Vous m'aviez assuré qu'en y introduisant quelques modifications que vous me faisiez connaître, ce serait réellement ce qu'on appelle au théâtre *une pièce à argent*, et comme il me convenait d'en faire dans ma situation. Je n'avais rien fait sans vous consulter, j'avais religieusement suivi tous vos conseils; je vous avais tout sacrifié, jusqu'à mes opinions; je m'étais enfin pour vous, presque fait *juste-milieu*. Vous connaissiez si bien les motifs qui m'avaient fait entreprendre cet ouvrage, et surtout mon état actuel, dont il m'importait tant de sortir. Ces diverses raisons me rendaient bien pénible et me faisaient trouver un peu extraordinaire le jugement que vous veniez de porter. Rien ne pouvait cependant me coûter pour conserver votre indispensable protection. Toutes lamentations eussent été inutiles : il fallait se remettre à l'œuvre; c'est ce que je fis, et ce second travail fut enfin terminé.

Mais les meilleures idées sont lentes parfois à venir, et c'est une vérité dont nous étions destinés à faire la triste épreuve. En parcourant ce second manuscrit, un grand nombre de changemens qui nous avaient.... je veux dire qui vous avaient d'abord échappé, vous frappèrent cette fois-ci, par l'évidence de leur nécessité, et furent l'occasion d'un troisième, d'un quatrième travail de même genre, tant la perfection est difficile à atteindre en toutes choses !

Le malheur peut rendre injuste. En pensant à la parole que vous m'aviez si formellement donnée, et dont il me semblait que l'accomplissement eût dû être, pour tant de motifs, un devoir sacré à vos yeux, il m'arrivait quelquefois de considérer tous ces retards comme un jeu calculé, pour m'amener à ce degré de dénuement qui rend nécessaire une résolution funeste, ou qui place celui qui en est l'objet, à la discrétion de quiconque veut et peut lui tendre la main. Pour me garantir de ces soupçons, il me fallait souvent toute l'espèce de vénération que vous m'aviez inspirée avant de vous connaître, tout le prestige d'un caractère tel que je m'étais représenté le vôtre d'après l'éclat de vos premiers succès.

Enfin, après avoir, dans un cinquième manuscrit, ramené la pièce, à quelques coupures près, au point où elle se trouvait dans le premier, il fut comme convenu que vous alliez vous occuper de sa représentation, autant que votre état maladif continuel, et vos nombreuses occupations pourraient vous le permettre.

Mais tous ces différens travaux avaient fait perdre bien du temps, et je supportais cruellement les conséquences de ces retards. Ressources, crédit, emprunts, tout avait manqué. Le chapitre presqu'intarissable des expédiens était à peu près épuisé, et je subissais dans toute sa rigueur la destinée du plus misérable des poètes. J'en étais venu à ce point, que le but de mes plus ardens désirs, que ce qui faisait depuis long-temps toute la joie et l'espérance de ma vie, la représentation de la pièce enfin, n'était plus qu'un objet secondaire dans ma pensée. Toutes les illusions de la gloire disparaissaient devant une sensation bien autrement impérieuse, quoique moins noble et plus vulgaire.

Ce fut dans ces circonstances, que M. L..... qui vous visitait fréquemment, ayant été informé de ma situation, proposa de donner à mon profit une représentation à V.... C'est un genre de service toujours pénible à accepter, quel que soit l'état où l'on se trouve. Vous me pressiez de le faire par mille raisons. — C'était une chose ordinaire, à des hommes de lettres même distingués. Je ne serais pas nommé ; et puis, ajoutiez-vous, loin que cela causât quelqu'embarras à M. L... ou à ses camarades, c'était, au contraire, une partie de plaisir que je leur procurais, les frais du voyage et d'une petite fête dans le parc de V... étant d'abord, et dans tous les cas, prélevés sur la recette. — J'aurais dû me défier de tant de sollicitations ; je fus, au contraire, bientôt décidé. Mais je ne devais pas recueillir le fruit de mon humiliation, si c'en était une d'avoir accepté.

M. L... écrivit aussitôt à V... pour que la

salle de spectacle fût remise à sa disposition, ce qui lui fut à l'instant accordé avec toute la complaisance possible, dans une lettre qu'il nous lut à vous et à moi. Il avait aussi déterminé le genre du spectacle au choix du directeur du théâtre de V... Ce devait être ou *Hamlet*, ou *Othello*, ou une troisième pièce dont j'ai oublié le nom. Il ne restait qu'à fixer définitivement le jour. M. L..... arrêta et me promit que ce serait un dimanche, le second à partir du moment où nous étions.

Je comptais positivement sur cette ressource, qui m'eût alors entièrement tiré d'embarras ; mais vous empêchâtes la représentation d'avoir lieu, sous un prétexte insignifiant. M. L... me promit qu'elle n'en serait retardée que de huit jours ; mais vous la fites encore manquer cette seconde fois, puis elle fut reculée par vous de jour en jour, et enfin indéfiniment. — M. L... disiez-vous, ne pouvant disposer de la salle de spectacle de V...

M. L..... ne s'expliquait pas sur la cause de ces retards. Les raisons que vous en donniez seul, me semblaient si frivoles, que j'eus la curiosité d'aller moi-même à V... m'enquérir de leur validité. J'acquis, sans en être étonné, la certitude qu'elles n'avaient pas le moindre fondement.

Mais vous aviez ajouté, que si cette représentation, empêchée par vous seul, n'avait pas lieu à quelque temps de là, vous prendriez sur vous de me faire une avance de ce qui pouvait en être approximativement le *minimum*, sauf, quand elle aurait lieu, à remettre le surplus à la personne qui m'avait fait un premier prêt.

Je crus alors entrevoir certainement une combinaison aux conséquences de laquelle je ne pouvais plus échapper. Vainement cherchais-je à reculer devant cette idée. M. L..., tout en désirant me servir, était cependant loin d'avoir quelque motif de vous être désagréable. Je me trouvais littéralement à la discrétion de celui qui voulait et pouvait venir à mon aide : je devais me soumettre en patience aux effets de son bon plaisir.

J'ai déjà parlé de corrections qui nous occupèrent cinq ou six mois, et qu'un travail de deux jours eût pu terminer. A l'époque où nous sommes, pressé quelquefois encore de vous occuper un peu de la représentation, et ne sachant comment mettre fin à mes sollicitations, vous avisâtes par hasard que la pièce serait peut-être mieux en trois actes qu'en cinq ; que c'était un travail encore à faire ; mais le dernier, oh! oui, bien sûrement. . . . .

La plaisanterie était amère ; l'abus de la situation du patient peu généreux. Je dois cependant avouer que vous eûtes la discrétion de ne point m'adresser vous-même cette proposition, mais de me la faire présenter par un tiers, tout-à-fait étranger à nos rapports antérieurs.

Votre promesse de l'avance dont j'ai parlé néanmoins ne se réalisait pas ; et, convaincu comme je l'étais que vous empêchiez seul la représentation, je n'y concevais rien. Ma détresse était pourtant au comble.

Ce fut dans ce temps que je me décidai à accepter de vous un prêt de 10 fr. que vous m'aviez quelquefois proposé, en regrettant que votre fortune ne vous permît pas de pouvoir en offrir davantage à vos amis. Quand je me résignai à vous faire cet emprunt, j'en avais besoin ; je vous l'assure.

Lorsque je vous racontais parfois ma détresse, vous souriiez de ce sourire encourageant qui indique le peu d'importance, le mépris qu'un sage doit attacher à des besoins vulgaires; et je faisais alors comme vous, pour ne pas pleurer ; puis quand vous n'étiez plus là, il me semblait quelquefois avoir remarqué sur vos lèvres comme l'expression d'un triomphe qui me causait presque des transports de rage.

Je reçus aussi vers cette époque un secours que les circonstances me rendaient bien précieux, et auquel je ne vis rien de flétrissant pour moi. La première pièce dont j'ai parlé, et qui fut cause de notre connaissance, avait été imprimée avec une dédicace pour le roi Louis Philippe, qui m'avait alors fait écrire une lettre de remerciemens très-flatteuse. Au temps dont je parle, ayant, d'après vos conseils, rappelé cette circonstance à S. M., en lui faisant connaître ma situation, j'en reçus peu de jours après une gratification presqu'égale à la moitié des frais d'impression de la pièce que je lui avais dédiée.

Mais tous ces secours ne pouvaient aller loin ; il fallait en finir. Qui vous retenait donc? qui vous empêchait de me remettre cette avance que vous vous étiez vous-même proposé de me faire ? Quand je vous en parlais, vous sembliez avoir à me faire un aveu qui restait toujours sur vos lèvres. A force d'y penser, je me rappelai un projet que je vous avais autrefois communiqué de quitter définitivement la France, et la colère que vous aviez montrée peu auparavant, un jour que je vous avais appris mon changement de résolution. Je pensai à tous les efforts que vous aviez faits depuis ce temps, pour m'engager à prendre part à l'expédition du roi don Pierre contre son frère don Michel, et il me vint à l'idée qu'avec le secours, peut-être désiriez-vous que je m'imposasse aussi l'usage qu'il en fallait faire, ne vous souciant pas, pour je ne sais quelles raisons, de me l'imposer vous-même.

Le projet d'une expatriation définitive ne me répugnait pas : je l'avais plusieurs fois tenté, et le défaut seul de moyens m'avait empêché jusque-là de l'exécuter. Dans ce dernier cas, néanmoins, il détruisait tout d'un coup tant d'espérances si chères et si long-temps caressées, qu'il me semblait cruel de l'exiger de moi. Si cette conjecture était fondée toutefois, il n'y avait plus d'illusion à se faire : il fallait bien reconnaître enfin que j'avais été joué d'une manière toute différente de celle sur laquelle j'avais compté. Je ne pouvais plus échapper aux conséquences d'un système de conduite dont j'admirais, malgré moi, l'adresse. Votre triomphe était complet. Je voyais le mal sans entrevoir le remède. Je ne pouvais long-temps balancer dans l'alternative de mourir de faim ou autrement en France, ou bien de renoncer, en m'expatriant, à tous les rêves de bonheur et de gloire dont je m'étais tant abusé. Je m'extasiais cependant de vous voir comme dégagé si merveilleusement de votre parole, que je devais encore me tenir pour très-heureux, d'accepter les misérables conditions qui détruisaient sans retour, tant d'espérances fondées sur cette susdite parole.

Je pris toutefois assez gaiement mon parti, d'autant que je venais d'apprendre par une lettre particulière de B... qu'un navire de charge allait incessamment mettre à la voile, pour la destination où j'avais envie de me rendre. Mes conjectures ne m'avaient pas trompé. A peine vous eus-je informé de ma résolution, que tout fut réglé sur-le-champ. Je fis même alors, en guise d'adieux à la France, une petite pièce de vers que je regardai comme les derniers! voici, je crois, comment elle commençait :

O France! ô patrie adorée,
Loin de toi pour jamais, faut-il donc me bannir!
Berceau de mon enfance, adieu, terre sacrée,
Objet d'un si cruel et si doux souvenir! .... .etc.

Nous avons déjà dit que les meilleures idées n'arrivent pas toujours à temps. Il vous en vint une alors pour completter l'avance, qu'il eût été heureux pour moi que nous eussions eue plus tôt; ce fut de faire en ma faveur une demande d'argent, sur je ne sais quels fonds que le gouvernement destine chaque année aux hommes de lettres les plus malheureux. « Dans les circonstances où je me trouvais, vous ne connaissiez personne, me disiez-vous alors, qui eût plus que moi de droits à une telle faveur. » Combien l'exercice de ce droit m'eût été précédemment nécessaire !

Vous me remîtes enfin le *minimum* approximatif d'une représentation dont j'eusse reçu sans vous la totalité depuis plus de deux mois. Mes besoins et mes dettes s'en étaient accrus au point, que la moitié de ces dernières, contractées depuis que j'avais tout sacrifié à la poésie sur la foi de vos promesses, cette moitié, dis-je, n'eût point été couverte par la totalité de l'avance. Je ne sais si vous aviez aussi calculé qu'en rendant par tant de délais ma situation plus critique, mon départ ou plutôt ma fuite en deviendrait plus nécessaire. S'il en a été ainsi, l'effet attendu a manqué par trop de précautions employées pour l'obtenir; et c'est l'excès même où vous avez porté le mal qui a rendu le remède inutile.

Je fus en effet à peine nanti de quelques fonds, qu'il arriva, je ne sais comment, que des créanciers qui me pressaient depuis long-temps, m'assaillirent de toutes parts. Je fus obligé, pour éviter de graves désagrémens, de me dépouiller de la plus grande partie de ce que vous m'aviez remis; je ne reçus pas non plus du ministre l'autorisation d'embarquer dans le temps nécessaire pour profiter du bâtiment que j'avais en vue, et mon départ était impossible sur tout autre. Il résulta de toutes ces choses que je retombai, après quelques jours, dans un état voisin de celui d'où votre avance m'avait momentanément tiré.

Je ne sais, et cela m'est indifférent, si vous avez cru réellement à mon projet de départ; c'est une chose que j'ai tentée plusieurs fois, et toujours inutilement, comme vous le savez. Ce qui m'importait bien plus alors, était de prévenir le retour d'un embarras comme celui d'où je sortais. Vainement m'épuisai-je à en chercher les moyens : il fallut en revenir à tirer, s'il était possible, quelque parti du travail qui venait de me coûter déjà tant de peines, de veilles et de disgrâces.

Vous ne m'aviez point retiré votre parole en me faisant une avance; vous m'aviez au contraire répété la promesse formelle que la pièce, après mon départ, serait jouée pour le compte de la personne qui m'avait fait un premier prêt, lequel n'avait pu être acquitté. Je n'ai pas besoin de vous dire d'ailleurs, ce que vous et moi, nous pensions de cette nouvelle promesse. Quelques semaines auparavant, je vous avais demandé, en désespoir de cause, de me faire obtenir au moins une lecture devant un comité de théâtre. Vous aviez toujours éludé ma demande sans la refuser positivement. Je vous la réitérai dans le temps dont je parle, en employant toutes les prières possibles pour l'obtenir; je cherchai à remuer tous vos sentimens, depuis la pitié, pour l'état où j'allais retomber, jusqu'à ce mouvement plus noble de générosité qui fait trouver à une âme bien faite, du plaisir dans les services qu'elle rend. Tout fut inutile. Ce que je vous demandais, cependant, était bien peu de chose, en compensation de tant de promesses déçues.

Je me reprochais alors la confiance avec laquelle je m'étais jeté dans vos bras, que vous sembliez m'ouvrir. Je rêvais à tant d'illusions que vous aviez fait naître et si long-temps entretenues, pour les détruire si cruellement ensuite, et je me demandais, ce que votre haine eût pu avoir pour moi de plus funeste que votre apparente amitié, et je me désolais en recherchant vainement la cause de tout cela. Déçu dans ma vanité, dans mes intérêts les plus chers, dupe et victime à la fois de votre système, vous étiez encore parvenu, en spéculant sur un service qu'on voulait me rendre, à donner à votre conduite comme une apparence de libéralité, de bienfaisance. Vous aviez trouvé dans la générosité d'un autre le secret de paraître en avoir vous-même. Vous n'aviez pas craint, enfin, de me priver des fruits d'un service qui eût peut-être réparé le mal que vous m'aviez fait, et cela seulement, pour faire disparaître à vos yeux et à ceux des autres, par une apparence de générosité, l'odieux qui eût pu s'attacher à la connaissance de ce mal.

Il fallait bien de la résignation, pour supporter de sang-froid un désappointement comme celui que je venais d'éprouver ; je l'eus cependant, et je formai le dessein, quoique presque sans espoir, d'arriver seul au but qu'un acte de votre volonté eût suffi pour me faire atteindre. J'avais aussi résolu de rompre avec vous tous rapports, et bien des raisons eussent dû vous prescrire, de suivre avec moi, la même conduite. Il n'en fut pas ainsi. Vous deviez, après m'avoir embourbé dans le cloaque, diriger tous vos efforts à m'empêcher d'en sortir, et votre situation, par rapport à la mienne, vous en donnait malheureusement trop de moyens. J'avais cherché, seul, à obtenir une lecture devant le comité d'un théâtre. Cette circonstance, dont vous fûtes informé, vous servit à me faire enlever le manuscrit, sous un prétexte qui me remplit d'abord de joie.

Tant payé que je fusse pourtant déjà, pour connaître si bien votre savoir faire, je fus complètement dupe de cette dernière gentillesse.

Il fallut bien reconnaître enfin la triste vérité. Je n'ai jamais conçu le motif de cette opiniâtreté à me fermer toutes les voies d'une carrière où vous n'êtes entré que par le secours des autres, et que vous avez parcourue d'ailleurs, avec un si rare bonheur. Quoi qu'il en pût être, je compris dès-lors, que toutes mes démarches seraient contre-carrées et inutiles; que rien ne pourrait balancer pour moi votre influence auprès d'aucun théâtre ; et jamais prophétie n'a été plus littéralement accomplie que cette prévision.

Le cas était désolant. Vous m'aviez dit, un jour que je vous exprimais l'intention d'atteindre le but à tout prix, qu'on devait généralement moins considérer la justice de sa cause que les moyens de la gagner, et qu'il fallait, avec les meilleures raisons du monde, prendre garde quelquefois de se *briser* contre l'obstacle à vaincre. Vous me disiez ceci, en parlant de vous et de moi ; j'en étais précisément arrivé là. Deux partis qui m'eussent infailliblement sauvé, avaient été à ma disposition pendant que je m'occupais du travail de la pièce ; je les avais rejetés. Tout l'or du Pactole, je crois, n'eût point alors un instant balancé en moi, les espérances que j'avais fondées sur vos promesses. Il n'en était plus de même aujourd'hui. J'entrevoyais par vous, et sans que je crusse vous en avoir donné le moindre motif, une ruine inévitable et prochaine. Devais-je admettre des nécessités poétiques, comme on dit qu'il y en a quelquefois de politiques? Fallait-il, victime dévouée, tendre patiemment la gorge au couteau?

Je conçois d'ailleurs que tous ces faits présentés isolément, et tant soit peu dénaturés avec cet art de la parole que vous possédez si bien, je conçois, dis-je, qu'ils puissent aisément se revêtir alors d'un caractère de bouffonnerie, qui en fasse disparaître l'odieux sous le ridicule. Ainsi, ce serait un auteur qui aurait la maladresse de se fâcher de n'avoir fait qu'une plaisanterie, alors qu'il comptait n'avoir travaillé qu'à une chose très sérieuse; ce serait le même auteur désappointé dans ses espérances, et qui aurait le ridicule de s'en prendre à un autre, de ce que celui-ci n'aurait pas pu, ou n'aurait pas voulu lui servir d'introducteur dans la lice poétique. Ce pourrait même, au besoin, être un...*Hingrat* (lettre H aspirée) dont le cœur endurci n'aurait répondu que par des méchancetés noires, aux soins tendres et généreux de son *benefacteur;* que sais-je enfin? A tout cela, qu'ai-je à opposer, si non, la vérité au mensonge? Car, je vous avoue que ce serait pour moi, le comble de l'étonnement, d'être jugé coupable ou même ridicule, par quiconque aurait parcouru

confier à la plus belle des vertus, la réparation des outrages faits au plus noble des sentimens, c'est-à-dire de mettre l'honneur sous la sauve-garde du courage.

Il y en a qui, pensant que le déni d'un tort, quelque grave qu'il soit, peut toujours être présenté et admis comme excuse, se renferment invariablement dans cette maxime, qu'on ne doit pas de réparation à celui qu'on n'a pas offensé. Rien de plus juste, à coup sûr; mais il y a quelque chose de plaisant dans ce mode de refus indistinctement appliqué à tous les cas qui peuvent provoquer un duel. Je l'ai entendu, il n'y a pas long-temps, de la bouche de quelqu'un qui venait d'être provoqué par un soufflet. Non, certes, ce n'était pas *lui* qui, dans dans ce cas, devait une réparation à son adversaire; j'admirais cette résignation toute évangélique, quoiqu'elle me semblât un peu extraordinaire, séparée des autres vertus chrétiennes qui purent la rendre supportable, dans celui qui en donna le premier l'exemple et le précepte à la fois.

Pour éviter d'autres affronts qu'elle redoutait mal-à-propos, j'ai revu depuis la même personne s'armer en secret de pistolets quand elle savait devoir se trouver en face de son adversaire. Elle voulait, par un assassinat, se soustraire aux chances d'une réparation comme celle qu'impose l'honneur dans ces sortes de cas. Elle ne s'apercevait pas que cette précaution découverte n'eût eu pour elle d'autres résultats, que de rendre inévitable et dans l'intant, une catastrophe incertaine dans un duel, quel qu'eût été d'ailleurs dans cette sorte de lutte le sort de son adversaire.

Mais il y a plus de blâme, je le répète, à faire naître la cause d'un duel qu'à le refuser, parce que l'un dépend de nous, et que l'autre est hors de notre puissance; parce que nous pouvons toujours nous garder d'un tort, et que nous ne saurions nous donner le courage quand la nature nous l'a refusé; *car au surplus*, comme dit Montaigne, *on ne s'est point faict soy-même; et quand il y a couardise* (poltronnerie), *on a beau se battre les flancs, rien n'y peut faire, et ça ne change la couleur du foye.* Cet organe étant supposé blanc chez ce qu'on appelait un *couard*, d'après un préjugé qui s'est même dans quelques classes du peuple perpétué jusqu'à nous.

Vous vous êtes trouvé, pour votre première tragédie, dans une position à-peu-près semblable à la mienne. MM. A.. et P..., en vous rendant gratuitement le service que vous m'aviez promis, ne vous avaient-ils pas comme imposé l'obligation d'en agir de même dans un pareil cas. C'est ici que la pratique d'une des vertus chrétiennes dont nous parlions tout-à-l'heure, eût été bien entendue.

Je ne voulais que goûter à cette coupe de gloire dont vous vous êtes tant enivré, trop peut-être, et dont l'épuisement précoce entraîne si souvent celui du génie. C'est vous-même qui me la présentez, qui, par tous les moyens, irritez des désirs déjà trop ardens; et c'est lorsque je crois enfin y

l'ensemble des faits dont se compose cette lettre ; et vous savez s'il y en a un seul qui ait été cité à faux ou dénaturé.

Je rêvai bien des moyens pour sortir d'un pas si difficile, et tous me ramenèrent constamment à une seule idée, celle d'un duel, ce supplément si incertain et parfois si nécessaire à nos institutions sociales. Ce n'était peut-être pas une forme de vengeance très-poétique, mais j'avais dit un adieu définitif à la poésie ainsi qu'à la France, dans la petite pièce de vers dont je vous ai déjà parlé. Et puis je sentais avec quelle circonspection devait se hasarder une vie aussi précieuse pour les lettres, que la vôtre l'a été, et qu'il y avait peut être un peu de vanité de ma part à vouloir la mettre en balance avec celle d'un être aussi insignifiant que moi ; mais je m'excusais, tant bien que mal, à l'aide d'une de vos maximes, dont le sens est, je crois, que l'offense met de niveau celui qui l'a faite avec celui qui l'a reçue.

Ce ne fut pas toutefois sans une sorte de répugnance que je me vis réduit à ce dernier moyen de salut, et on le conçoit aisément pour quiconque n'a rien de l'humeur ou des habitudes d'un duelliste. Je ne calculais pas toujours de sang-froid toutes les conséquences possibles de ma résolution. J'allais me présenter avec des moyens égaux pour défendre une cause dont la moralité l'était si peu des deux parts. Et puis habitué, comme je le suis, à juger des sentimens par leur expression extérieure, j'avais remarqué dans vos œuvres une façon de penser si délicate sur ce qu'on appelle l'honneur ; je n'y avais vu partout que l'expression d'un enthousiasme guerrier, d'un courage si bouillant et si impatient d'exercice, que la proposition d'un duel me semblait devoir être sur cette tête ardente, comme le coup d'éperon qui fait partir un coursier fougueux et impatient d'entrer en lice. Quelle habitude des armes devait avoir une personne pour qui le rôle de guerroyeur triomphant semblait un besoin impérieux, le beau idéal des situations humaines! Le seul acte de vengeance qui me fût permis ne serait peut-être qu'un amusement, qu'un jeu pour vous, ne ferait peut-être qu'ajouter un triomphe de plus à ceux que vous aviez déjà obtenus ; et pour moi la honte, car je ne puis dire le malheur d'une défaite, à mon désappointement passé.

Il ne me restait pourtant que cette seule chance de salut. Il n'y avait pas à reculer. La résolution définitive en fut prise et aussitôt exécutée.

L'affaire était pour la matinée du lendemain, et je devais recevoir votre réponse dans quatre heures. Je ferais un long chapitre des réflexions graves et solennelles qui m'occupèrent pendant ce temps. Je rêvais au néant, à l'éternité, à la mort.... La mort! bath! au surplus, si vous deviez en être pour moi l'instrument, mieux valait-il encore qu'elle vînt tout d'un coup que dans la lente agonie de la misère et de la faim.

Tout cela pourtant ne devait être encore que pour rire ; ne devait se terminer que comme une opération de *juste-milieu*, par quelque chose de burlesque ou de ridicule; mais jamais pourtant un refus de duel ne fut plus mal déguisé dans ses motifs, et j'étais arrivé aux trois quarts de la lettre sans connaître encore votre résolution, sans que le pénible aveu d'un manque de courage eût encore pu échapper à votre plume. C'était comme une lutte, entre ce dépit muet que fait naître une provocation moqueuse, cette haine qui étouffe à force de vouloir et de n'oser pourtant se satisfaire, et la nécessité d'en convenir; c'était comme un fanfaron sans courage poussé dans ses derniers retranchemens, et à qui il ne reste aucun moyen de garder le masque plus long-temps. Je lisais par hasard, quand cette lettre me fut remise, un article sur les *raffinés d'honneur*, dont parle le Gascon Chaudoreille.

Comme il arrive quand l'adversaise recule, mon courage s'accrut d'autant. Je désirai avec passion ce que je n'avais d'abord adopté qu'avec une sorte de répugnance. Ma provocation fut réitérée peu après; mais de façon, n'est-ce pas, qu'elle pouvait être considérée moins comme appel, que comme cause d'un duel, quand même rien d'antérieur n'eût existé entre nous. Vous eussiez dû y répondre quand ce n'eût été que pour prévenir quelques répétitions de la petite scène que nous devions, ainsi que je vous l'avais promis, réitérer à chaque rencontre. Tout fut inutile.

Quand je vis cela, et par une de ces inexplicables bizarreries de l'esprit humain, je me repentis de ce que je venais de faire. Bien, que je n'eusse plus rien à perdre avec vous, j'avais soulevé contre moi, et en pure perte, toute la haine dont vous pouviez être susceptible, et c'est un sentiment qui va loin chez les personnes qui sont forcées de recevoir des affronts sans oser s'en venger, le front au soleil. Je me rappelais aussi une certaine proposition qui m'avait donné une haute idée de l'étendue de vos relations, et vingt-quatre heures, en effet, s'étaient à peine écoulées, que j'avais déjà eu la confusion d'apprendre avec quel discernement et quelle délicatesse de goût ces relations avaient été établies.

Je vous improuve moins d'avoir refusé un duel, que d'y avoir si justement donné lieu. Il y a en effet mille raisons de justifier un tel refus; cela ne dépend que de la manière de prendre les choses. Par exemple, il y en a qui ne se battraient jamais avec des gens qu'ils estiment, et moins encore avec ceux qu'ils n'estiment pas, ce qui comprend assez, à leurs yeux, toute la société. Quant aux premiers, pour rien au monde ne voudraient-ils altérer un sentiment aussi parfait que celui de l'estime, en supposant la personne qui en est l'objet partisan de ce préjugé gothique et barbare qui consiste à remettre l'exercice d'un droit ou les décisions de la justice, à l'adresse de la main, ou à l'usage d'une force brutale. Quant aux seconds, voudraient-ils moins encore s'abaisser au niveau de gens qu'ils n'estiment pas, ou plutôt les élever jusqu'à eux, en les admettant à l'honorable familiarité de cette lutte qui a pour but de

fable *des Grenouilles qui se choisissent un roi*, ou bien une autre de *l'Ane qui craint d'être pris pour le lion*, et dont l'idée me vint à l'époque où la Belgique fit en vain tant d'efforts pour se réunir à la France. Je pourrais aussi vous citer en entier un petit dialogue dont j'ai été témoin entre une oie et un coq, depuis que ce lourd sultan de basse-cour a été juché du perchoir d'un poulailler à la place où naguère encore brillait, avec tant d'éclat, l'oiseau déshérité du dieu qui lance la foudre. C'était plaisir d'entendre l'expression du dépit jaloux de l'oiseau capitolin, et comment il cherchait à s'établir une parité, et même une suprématie de droits à la succession échue à son antagoniste plus heureux. Mais ce badinage nous mènerait trop loin ; je reviens à mon sujet.

J'ai déjà dit en parlant du plan de la seconde pièce, comment vous m'assuriez qu'avec quelques modifications, qui y ont été faites, il en résulterait un ouvrage ayant au théâtre de grands élémens de succès, surtout d'un succès d'argent ; et comment aurais-je pu alors avoir quelque crainte, quelque défiance de l'avenir ? puisqu'après m'avoir donné plusieurs fois une pareille assurance, vous ajoutiez que « si tous les théâtres se ruinaient aujourd'hui, c'était parce que tous les auteurs dramatiques, *hors un*, ne leur fournissaient que du rabachage, des pièces sans goût, sans intérêt, etc. » Je me regardais donc, aidé de votre appui, de vos conseils, comme à la source du grand, du vrai, du beau, et, dans mon inexpérience, j'osais déjà me flatter d'un début plus qu'ordinaire.

Je me suis cru plusieurs fois à la veille d'obtenir une lecture, et mon espoir a toujours été déçu par une fatalité en apparence inexplicable. Ne pensez-vous pas, comme moi, qu'il n'y a jamais de gloire à avouer ce qu'on a craint de faire au grand jour. Connaissez-vous quelqu'un qui, en monnaie de poètes, a l'habitude de promettre des *petites pièces* à des directeurs, quand il veut en obtenir quelque chose ? La précaution de les promettre petites est bonne ; le compte en sera moins chargé quand cette personne réglera avec sa mémoire la liste des torts nombreux qu'elle peut avoir à lui reprocher.

On m'a dit que je n'étais pas le vingtième qui eût à vous reprocher quelque gentilesse du genre de celle qui fait l'objet de cette lettre, quoique jamais l'abus de confiance n'eût été porté si loin. Je vous dirai franchement que je n'en ai rien cru, et vous en concevez assez, la raison.

Ce fut un jour bien malheureux pour moi (et il y aura tantôt deux ans), que celui où il me vint à l'idée de me faire poète, pour opposer cette ressource à une situation difficile. C'était tourner les talons au but, c'était comme une parodie de ce qu'il eût fallu faire. Je dois dire aussi pour me justifier, que je n'en vins là qu'en désespoir de cause. Un ministre qui venait de fausser pour la septième fois son serment, n'avait pu me pardonner de m'être légalement une fois dégagé du mien. Je frappai vainement à cent autres portes, tant qu'enfin, force me fut de poétiser. Je ne puis, toutefois, ne pas sourire, en pensant à la naïveté de mon début dans la carrière ; et comment il m'arriva de m'y prendre, la seule fois de ma vie que j'aie avisé de faire le louangeur. La tête remplie de l'immense et brillant avenir que venait de se préparer la France, et du rôle sans exemple que cette circonstance extraordinaire traçait à un homme, je me pris à m'en réjouir avec une extrême simplicité. Me consolant ainsi, le mieux que je pouvais de ma détresse présente, par le tableau du bonheur et de la gloire future de ma patrie, je me complus à en tracer d'avance les principaux caractères. Je me représentais donc cette France, presque traînée jusques-là dans la fange, se relevant tout-à-coup, et brillant au milieu des autres nations par sa générosité envers les petits états, son attitude imposante et ferme à l'égard des grands, et sa dignité envers tous. Je rêvais un peuple réglant peut-être bientôt à son gré les destinées de l'Europe, qui semblait devoir reconnaître toujours en lui son guide ou son maître. Je me complaisais enfin dans le tableau de ces moyens puissans, de cette force immense d'un peuple géant, mais avili, courbé quelque temps sous la verge d'un nain, puis par sa réaction subite, révélant aux nations le secret de leur dignité et de leur force, si long-temps caché pour la plupart d'entr'elles, sous les brillans oripeaux d'un despotisme usé et sans vigueur... Et de tout cela, je composai un éloge que j'adressai gravement, et de la meilleure foi du monde, à mon héros, en le félicitant du hasard qui avait fait de lui l'instrument destiné à opérer tant de belles choses... Qu'en dites-vous ?

Vous avez fait une comédie pour ridiculiser les comédiens. Quel sujet d'une comédie d'auteurs vous m'avez donné! mais où les rôles, malheureusement, ne seraient pas toujours renfermés dans les bornes de la plaisanterie.

Vous m'avez dit quelquefois avec une naïveté singulière, que ne me devant rien, vous aviez cependant soutenu mon espérance dans un moment où elle m'abandonnait; mais puisque vous deviez la détruire ensuite d'une manière si cruelle; n'était-ce pas une dérision que de me rappeler cette circonstance. Je pourrais faire un tableau hideux de la situation dans laquelle vous avez mis tant d'art et de persévérance à me placer, et les conséquences en allaient être funestes pour moi, si une circonstance tout-à-fait imprévue ne m'eût empêché de les subir.

On pourrait s'étonner du contenu de cette lettre, si l'on vous juge dans le public, comme je le faisais avant de vous connaître. J'assimilais involontairement dans mes illusions, votre caractère à vos moyens. Vous me sembliez plus qu'un homme: combien je devais être cruellement détrompé !

Il m'est revenu que dans quelques cas, où vous aviez eu à parler de moi, vous me représentiez comme chargé de mille torts envers vous. Oui, je conçois qu'il faudrait que je fusse en effet bien cou-

porter les lèvres, que vous l'arrachez, que vous la brisez impitoyablement. Quel égoïsme! ne pourrait-on dire plutôt quelle gloutonnerie au banquet de cette capricieuse dame qu'on appelle la gloire, si belle dans sa parure et si laide à sa toilette.

J'ai vainement recherché dans la nature de la pièce la cause ce cette invincible obstination à l'écarter du théâtre. J'ai déjà parlé du plan. Pécherait-elle par la poésie? mais vous m'avez beaucoup vanté celle de mon premier essai, surtout son élégance, et vous m'avez souvent répété que celle du second était plus énergique. Il faut cependant convenir qu'à propos de ce dernier vous ne m'avez pas gâté par trop d'éloges. Dans la plupart de vos notes que j'ai conservées, je lisais encore hier celle-ci, au bas et a propos des vers suivans qui terminent un acte : « Tout ceci manque géneralement d'élégance. Faiblement exprimé, quoiqu'il y ait de l'énergie dans les sentimens. Vous ne savez pas encore dire ce que vous sentez assez bien. Sous ce rapport, il vous reste fort à faire. » C'est après la prise et le sac d'une ville, dont un chef à demi-barbare a fortement à se plaindre. Un de ses lieutenans vient lui apprendre que des vieillards, des femmes, des enfans se sont réfugiés dans les temples où une crainte religieuse a empêché ses soldats de les poursuivre. Le chef répond, en parlant de ces derniers et des malheureux qu'il dévoue à la mort :

Cette vaine terreur ne convient qu'à des lâches !
Fais-toi suivre à l'instant ; que tu les en arraches ;
Ou plutôt. . . . . qu'à l'instant les temples embrasés
Sous leurs débris fumans les couvrent écrasés.
Que tout ne soit ici que feu, sang et carnage !
Qu'ensemble confondus, le rang, le sexe, l'âge,
Par l'horreur d'un supplice, hélas ! trop mérité,
Attestent ma vengeance au monde épouvanté !
Puissé-je, transporté d'une rage inhumaine,
Égaler en ce jour leur désastre à ma haine,
Et dans les flots impurs de ce sang abhorré,
Calmer l'ardeur des feux dont je suis dévoré !

Je sais d'ailleurs qu'on peut dire de ce passage comme de toute la pièce, qu'écrite aussi rapidement et dans de telles circonstances, elle n'est rien moins que ce qu'elle pourrait être; mais votre jugement n'en est pas moins sévère, et des gens de goût, à qui j'ai lu ces vers, m'ont assuré qu'il y avait un peu d'énergie, même dans la manière dont les sentimens y étaient exprimés.

Je pourrais bien vous citer d'autres passages, surtout de la première pièce, où il y aurait peut-être un peu plus d'élégance ; mais cela allongerait trop cette lettre, et me ferait trop ressembler à ces marchands qui vous tourmentent de la vue des échantillons de leur magasin. Puisque je suis en train de me vanter cependant, je pourrais bien vous parler aussi de la facilité que j'ai à varier mon style; à passer du grave au plaisant, du sérieux au bouffon, etc., et je vous citerais en preuve quelques poésies badines comme, par exemple, une

pable à votre égard, pour que vous fussiez vous-même un peu excusable envers moi.

Je ne sais d'ailleurs, en quoi vous pouvez faire consister ces torts. Peut-être avez-vous pensé que le départ qui était la condition de l'avance qu'il vous a plu de me faire, n'a manqué que par ma faute. Je ne peux, quant à cela, rien ajouter à ce que je vous ai déjà dit. Mais je vous défie, vous, dont presque toutes les relations avec moi ont été empreintes d'un caractère d'égoïsme, de lâcheté et de mensonge, je vous défie de me citer un seul tort réel envers vous, à moins que vous ne considériez comme tel les réparations que j'ai cherché à obtenir, quand je me suis vu joué aussi indignement que vous l'avez fait. Je n'ai d'ailleurs pas besoin de vous faire remarquer que j'ai été généreux plus d'une fois, dans la manière de raconter les faits dont l'ensemble forme cette lettre.

Mais je quitte ce ton, peut-être un peu haineux, pour en revenir à quelque chose de plus conforme à l'esprit semi-comique que j'ai tâché de garder jusqu'ici. Il y en a qui, en parcourant cette lettre, croiront peut être que j'ai été mu par quelque mouvement de jalousie, comme si l'ensemble des faits qu'elle contient ne justifiait pas suffisamment le récit que j'en ai fait ; mais quand cela serait encore, serais-je donc si coupable ? moi, dont vous sembliez tant vanter les talens poétiques quand il régnait encore quelque bonne foi dans nos rapports mutuels, moi, qui, selon vous, faisais des vers comme on n'en fait plus aujourd'hui, et moi pourtant enfin, dont la situation est si différente de la vôtre ! Vous placé au sein de toutes les jouissances de la grandeur, de la fortune et de la gloire ; vous abreuvé à satiété de toutes les délices, de toutes les joies de ce monde que je n'ai jamais connues qu'en rêve où par tradition ! moi misérable, occupant l'autre extrémité de l'échelle sociale, par suite des mêmes causes qui vous ont placé à celle où vous êtes. Vous tant fêté, mitonné, dorloté, que sous le poids des flagorneries et des caresses de toute espèce, votre génie poétique a éprouvé ce qu'il advint au pauvre *Vert-Vert*, lorsque, rentré dans la voie de la repentance, il eut à suppotter l'effet des soins, des caresses de tout un bercail de nonettes. Vous enfin, enfant gâté au giron de la gloire, mais qui ne voulez pourtant y souffrir personne, qui vous réservez exclusivement toutes les faveurs de la déesse, tout rassasié, dégoûté même que vous puissiez en être, à-peu-près (pardonnez le burlesque de la comparaison à cause de sa vérité), comme ces petits chiens de salon, tout gâtés aussi, mais pourtant encore méchans, hargneux, et qui de dessus les genoux de leur maîtresse se prennent à aboyer, à entrer en fureur, quand ils aperçoivent le pauvre mâtin de la basse-cour se glisser furtivement sous les tables de l'antichambre, pour y attraper quelqu'os à demi-rongé, quelques bribes sucrées que Bichon n'a pas voulues.

Il n'est jamais généreux de profiter de la facilité d'un triomphe pour en abuser, comme il n'est pas adroit de pousser son adversaire jusqu'au point où il ne lui reste plus rien à perdre, encore que nous puissions nous croire dans une situation assez élevée pour qu'il vienne, en dépit de tous ses efforts, se *briser* contre nous. Même encore, que l'on ne soit pas pourvu d'un grand courage, ne peut-on non plus, sans étouffer d'une haine rentrée, ne pas écraser entièrement celui que l'on regarde comme son ennemi.

Je crois qu'il est inutile d'allonger cette lettre du récit de notre dernière entrevue. J'étais disposé à faire pour vous un grand sacrifice, si je vous eusse reconnu la moindre disposition à ne pas m'en faire perdre entièrement le prix.

J'avais eu d'abord envie de ne vous désigner ainsi que moi que par les lettres initiales de nos noms; mais le hasard singulier qui fait de ces mêmes initiales, un commencement régulier d'alphabet, M. A. B. à M. C. D. m'a fait craindre qu'on ne prît pour une plaisanterie une chose qui, à mon sens, a au moins un côté très-sérieux.

Je vous avais aussi parlé, je crois, en commençant cette lettre, de la solution d'un petit problême qui en était le but principal, comme l'exposé de nos rapports communs en était l'objet. Puisque ce n'est que vous qu'il regarde et que vous l'avez, sans doute, parfaitement compris, je n'en reparlerai pas, encore qu'il, puisse se traduire de bien des manières, comme par exemple, si l'on peut appliquer à l'honneur, ou plutôt à la susceptibilité comme gens d'honneur de quelques poètes, ce que dit Horace du *pectus* d'un certain navigateur que rien ne pouvait affecter, émouvoir, et qui était tellement encuirassé d'un triple airain, qu'il n'y avait genre de traits si aigus, qui pussent y mordre; ou bien encore, quelle est celle de ces deux vertus si douces, l'humilité ou la modestie, qu'on peut, chez certains auteurs, traiter sans crainte, avec le plus d'insolence ? etc.

J'ai pensé aussi que, comme tout est grand dans un grand homme, sa susceptibilité ne saurait s'émouvoir de quelque petit affront obscur, suffisant tout au plus pour entacher un honneur vulgaire; mais qu'en donnant à cet affront, ou même à une simple provocation légitimée, par des faits, une certaine publicité, cette circonstance les douerait d'un degré d'acidité suffisant pour agir sur la rouille, même de la plus épaisse susceptibilité, et la ramener au moins pour quelques instans au niveau de celle d'un homme ordinaire. Tel est encore, Monsieur, l'une des causes qui ont déterminé à mettre le public dans la confidence de cette lettre; et tel est surtout le résultat qu'ose en attendre votre très-humble serviteur, en compensation du double, on pourrait même dire du triple sacrifice qu'elle lui a coûté.

Le 11 juillet 1832.

ALBINI BILLOT.

www.ingramcontent.com/pod-product-compliance
Ingram Content Group UK Ltd.
Pitfield, Milton Keynes, MK11 3LW, UK
UKHW021115230726
13926UKWH00002B/503